Pour ma mère Tika Justine
et pour Marie Wabbes

© 1998, l'école des loisirs, Paris
Loi n° 49 956 du 16 juillet 1949 sur les publications destinées à la jeunesse :
mars 1998
Dépôt légal : mars 1998
Imprimé en France par Mame à Tours

Dominique Mwankumi
LA PÊCHE À LA MARMITE

ARCHIMÈDE

l'école des loisirs

11, rue de Sèvres, Paris 6ᵉ

Panu est un petit village
africain de pêcheurs
dont les cases surplombent
la rivière Kasaï.
À la saison des pluies,
il pleut presque tous les
jours et la rivière gonfle.
De là beaucoup
de poissons qui sont assez
faciles à attraper.
Ce matin, Kumi s'est levé
tôt, pressé d'aller rejoindre
ses amis pour une pêche
à la marmite.
Son papa est déjà parti
chasser en forêt.
Sur le chemin de la rivière
où elle va puiser de l'eau,
sa maman l'embrasse:
«Sois bien prudent,
Kumi!»
Mgbua, son chien,
l'accompagne en aboyant
joyeusement.

Kumi a retrouvé ses amis.
Les enfants descendent
en courant à la rivière.
Ils cherchent dans les
méandres du Kasaï
le meilleur endroit
pour pêcher à la marmite.
Kumi dit aux autres : «Ah,
si mon ami Ibakie était
avec nous, il trouverait
le bon endroit, et c'est lui
qui attraperait le plus
de poissons. Il est
le meilleur pêcheur
que je connaisse.»

Arrivés au bord de l'eau,
les enfants disposent leur
appât à base de manioc.
La racine de manioc râpée,
réduite en poudre
et cuite devient une pâte
gluante.
Pour attirer le poisson,
Kumi enduit de cette pâte
la paroi intérieure de sa
marmite.

Quelle patience il faut
pour qu'un poisson-chat,
un «likoko», se décide
à venir lécher le récipient !
Le voilà enfin pris, il reste
collé à la pâte, mais
attention : pas pour long-
temps.
Kumi sort vite sa marmite
de l'eau avant que
le poisson ne s'échappe.

La pêche est bonne et
Kumi est un fin pêcheur.
Il sait sortir sa marmite
de l'eau juste avant que
le poisson ne se dégage de
la pâte.
Ses camarades admirent
son adresse.

Vers midi, de retour
au village, les jeunes
pêcheurs vident
leurs poissons, les salent
et en embrochent
quelques-uns sur des
baguettes pour les faire
griller sur un «mutalaka».
Le mutalaka est une sorte
de barbecue fait de trois
grosses pierres qui entou-
rent de la braise.
«Hé, les filles! crie Kumi.
Attention au canard!
Il vole nos poissons.»
Heureusement le chien
Mgbua monte la garde…

La saison sèche succède
à la saison des pluies.
L'eau de la rivière baisse
et refroidit.
Le poisson se fait plus rare
et bien plus difficile à
attraper.
Les enfants désormais
pêchent à la marmite
depuis les bancs de sable,
ou à la ligne en pirogue.

Kumi et son copain
Ibakie, qui cette fois
est de la partie, vont à la
recherche d'un bon coin
où déterrer les vers qui
leur servent d'appâts.
L'eau est peu profonde,
il faut diriger la pirogue
avec adresse.
Ils abordent à une rive
plantée d'arbres à moitié
immergés.

Là, dans la boue, entre les racines pourrissantes, les deux garçons creusent pour récolter des vers bien gras.
«Hé ! dit Kumi, regarde celui que j'ai trouvé ! Les poissons vont se l'arracher.»

Hélas, le poisson
est devenu méfiant.
Il déjoue les ruses
des pêcheurs et boude
les appâts.
En plus, il y a maintenant
un «grand» qui vient jeter
son filet tout près du banc
de sable.
Quelle concurrence!

Tout absorbés par leur
pêche, Kumi et Ibakie
ne voient pas s'approcher
le «ngando».
Ce redoutable crocodile
nage vite, ses yeux rouges
luisent sous ses paupières
tombantes.
«Là! un ngando! crie Iba-
kie terrifié. Il va nous
dévorer!»

L'instant est dramatique. N'importe qui perdrait la tête. Mais Kumi montre son sang-froid.
Sans hésiter, il ramasse au fond de la pirogue tous les poissons que les deux amis ont pêchés et les jette avec la nasse dans la gueule du monstre. Celui-ci n'en fait qu'une bouchée, mais il disparaît. Ouf! Quel soulagement!

Sur le rivage où les autres enfants s'affairent autour du gril, Kumi et son ami Ibakie reviennent sans poissons.

C'est dommage pour le dîner, cette pêche perdue, mais, au moins, les deux garçons sont sains et saufs. Ils l'ont échappé belle !

La nuit tombe sur la plage.
Les enfants se partagent
quelques maigres poissons
de secours.
«Au moins, ceux-là,
le ngando ne les a pas eus!
On n'est jamais assez
prudent», pense Kumi. Et
il se dit: «Maman a
raison.»

Les parents et les grands-parents sont déjà au courant de l'exploit de Kumi.
Ils sont fiers de lui !
La mère essuie une larme de fierté en pensant à la présence d'esprit de son fils face au danger.
Kumi est un héros !

Au village, une fête
s'improvise pour célébrer
la bravoure de Kumi
et la chance d'Ibakie.
On sacrifie quelques
poulets, on boit du vin
de palme et de la bière
de banane.
Le tam-tam et les chants
qui accompagnent
les danses résonneront
tard dans la nuit.

Postface

L'histoire de Kumi et d'Ibakie se passe en plein cœur de l'Afrique, dans la république démocratique du Congo (ex-Zaïre). La forêt équatoriale s'étend le long de la rivière Kasaï qui prend sa source en Angola. Le village de Panu (région de Bandundu, à environ 200 km de la capitale Kinshasa), où se déroule l'action, est au bord de l'eau.

Pendant que les femmes cultivent dans les champs le manioc et l'arachide, les hommes pêchent, chassent et font du commerce sous forme de troc. Ils cultivent aussi le café dont ils fournissent les marchands.

La plupart des enfants ne vont pas à l'école. Dès l'âge de cinq ans, ils sont initiés aux techniques de pêche, ils attrapent des «tilapias», des poissons-chats ou «likoko» et des «capitaines». Ils en mangent quelques-uns et vendent les autres. Le produit de la vente servira peut-être à payer les études d'un frère plus âgé. Les enfants sont courageux et débrouillards, ils apprennent très tôt à affronter les dangers de la vie quotidienne.